황규환 제2시집

소중한 날의 조각들

한누리미디어

국립중앙도서관 출판시도서목록(CIP)

소중한 날의 조각들 : 황규환 제2시집 / 지은이 : 황규환. -- 서울
: 한누리미디어, 2016
    p. ;   cm

ISBN 978-89-7969-724-7 03810 : ₩9000

한국 현대시 [韓國現代詩]

811.7-KDC6
895.715-DDC23   CIP2016024966

시집을 내며

올봄은 신록의 유혹에 빠져
배꽃이 피고 지는 줄 몰랐습니다.

노란 버드나무 연두와
이팝나무의 붉은 연둣빛
가슴앓이 하던 봄에 취해
홀아비 바람꽃이 웃고 가는 것도 몰랐습니다.

새 책이 나올 때마다
맨 먼저 주고 싶던 당신
내가 봄꽃이 피고 져도 모르듯
새벽별처럼 떴다 사라질 뿐입니다.

숱하게 오고 가는 세월
그 속에 묻혀질 우리들이기에
사는 동안 작지만 예쁜 꽃
송아리 하나 힘껏 피워 보렵니다.

9

차례 Contents

제2부 산책

차례 Contents

제 3 부 봄봄

12

제4부 아버지의 여름

13

차례 Contents

제5부   갈잎에 쓴 편지

14

제6부 겨울그리움

15

제1부

몽돌

몽돌 · 1
— 해변

내 나이보다
더 많은 세월
파도에 씻고 씻기어
둥글어진 몽돌이 깔린 해변

살 부비며 닳아
남은 몸뚱이
모난 마음 모두 버리고
오직 곱씹은 세월을 새기면

살아온 날들을
눈 감기 힘들지 않게
욕심을 버리려
미움도 아쉬움도 몽돌이 되고

파도가 가져온 얘기들로
좌르르~ 좌르르~
해변의 밤은 조용한 아우성으로
태고의 꿈이 깊어간다.

18

몽돌 · 2

언제부터인가
유리컵에 들어와 살며
세상을 바라본다.

내가 살던 벽령도 콩알 해안과
삼천포의 조용한 바닷가를 거닐며
고성의 해변이 고향인 작은 몽돌들

고향이 아무 곳이면 어떠리
거기가 거기 아닌가.

푸르게 멍든 바다가 있고
목이 쉬지 않는 파도
한낮 끼룩대는 갈매기의 날갯짓
몽돌을 닮은 인심은
뱃고동소리마저 둥글게 들리는 곳

아프고 다투지 말고
속이지 말고
시기와 교만을 버려
서로 돕고 사는 세상이면 참 좋겠다.

19

몽돌 · 3

동해의 힘찬 일출
찬란한 생기를 먹고 자라
서해의 애잔한 황혼을 베고 잠들던 몽돌

굴 따던 아낙의 발이 시려
버서석 버석 소리 지르던
바닷가에도 봄이 온다

해당화 붉은 모래언덕
파도를 닮아 푸르러진 솔밭
옹기종기 모여 사는 몽돌 마을에

어부는 만선의 꿈을 꾼다
그래야 군에 간 아들 얼굴 보러 간다.
몽돌 닮은 아들의 둥근 얼굴이 아른거리고

몽돌 · 4

외양간 워낭소리에
새벽은 잠에서 깨고
송아지를 핥아주는 어미 소는 바쁘다

사랑을 듬뿍 받아
송아지의 맑은 눈에 비치는
꽃밭에 떨군 하얀 몽돌 서너 알

그림자 작아지는 한낮은
유난히 빛나
꽃보다 아름답게 웃고

어쩌다 궂은 날엔
하얀 살결의 천사 모습으로
곁으로 다가와 아픈 마음을 달래준다.

몽돌 · 5

어우러져 사는 세상

같이 울고
같이 웃고
같이 기뻐하며
얼마나 많은 세월을 소리치며 보냈을까

모두가 행복이게 보이는데…

아픈 상처가 너무 깊어
그 흔적은 문신으로 남고
오랜 세월 잊지 못해
그 상처를 홀로 핥고 있다

때로는
땅에 묻혀 잊고
거센 파도에 밀려 잊고
너무 아파 잊은 세월

거기에도
따사로운 볕이 고루 내려

잔잔한 행복으로
평화의 시간이 깃들겠지.

몽돌 · 6

몽돌이 사는 곳은
바닷가만이 아닌가 보다

푸른 등줄기 타고 흐르는 강물
큰물에 가슴에 넘치도록 끌어안고
와글와글~ 솟아난 돌을 굴려
아래로 더 아래로 굴리며 간다.

때로는 휘돌며
몰아치는 급류에 떠밀린 몸은
너럭바위마저 닳게 하여
신의 조각품이 된다.

홀홀 벗어버린 신비의 나체로
둥근 마음이 걸린 순박한 웃음으로
때로는 생각하는 갈대의 모습으로
천년을 버틴 자라의 형상으로

잔잔해진 강의 가슴에
푸른 하늘이 비친
물을 머금어
저마다의 색깔로 물속에 살고 있다.

24

몽돌 · 7

− 고향바다

몽돌 밭에 나가면
여인의 모습에
남정네가 가슴을 앓고
천사 같은 애기와 수줍음이 인다

산수화의 그림이 있는가 하면
할아버지의 허탈한 웃음과
이웃 아저씨의 쨍쨍한 목소리
할머니의 인자한 손과
어머니의 따뜻한 가슴이 거기에 있다

몽돌 밭에 나가면
한여름 백사장보다 뜨거운 열정
그리고 세찬 겨울의 차가운 이성이
우리들의 추억에 파고들어
두고두고 되새김질로 하루가 짧다

그녀가 까치발로 징검징검 딛던
홍합의 무리가 나풀거리던 치맛자락에
깜짝 놀란 치어들이
잽싼 걸음으로 푸른 바다 깊이 잠영하던
몽돌해안은 두고 온 내 고향바다 같다

몽돌 · 8
― 마니산

마니산 두 귀에 새긴 몽돌들
하 많은 세월을
물속에서 수양하며 지내더니

손오공같이
전생에 무슨 업으로
언제부터 여기 바위에 갇혔을까

내가 삼장법사라면
자유롭게 해주련만
바라보는 가슴은 연민의 정으로 꽉 차고

구름도 흐르다
멈추는 곳
겁을 지나 풍화 속에 속박으로 살며

몽돌이 된 도인들 앞에서
지나는 객은
머리만 숙일 뿐 아무 말이 없다.

26

인생교향곡 제1악장
― 탄생

하얀 지휘봉에 연미복 차림
모든 시선이 한 곳에 꽂혀 숨소리마저 조용하다
포르테시모는 포르테시시모로 연주하라
이것이 내 지휘봉의 주문이다

움켜쥔 왼손 주먹을 따라
지휘봉이 세차게 밑으로 움직이며
재끼는 머리칼에서
웅장한 소리로 영혼을 울려 퍼진다

문을 박차고 나오는 녀석의
그 울음도 우람하다
고통을 모르고 태어난 첫 대면이지만
어미의 품속은 희열이 알레그로로 뛰고 있다

빠끔히 내다본 처음의 눈길
상기된 엄마의 얼굴이
안도의 마음으로 바뀔 때면
젖을 문 아가는 태어나 처음 느끼는
평화가 메조피아노의 꿈길로 빠져든다.

인생교향곡 제2악장

－ 학창시절

모데라토의 순탄한 길
꿈 많은 시절
자라고 배우며 걷던 길

아직
스타카토의 기교를 부릴 때는 아니다
어쩌다 아프던 시절을
이음줄로 이어 가며
옆길로 새던 길을 붙임줄로 이어 연주를 하겠지만

증기기관선의 쉬지 않는 심장처럼
순조로운 항해에
가끔은 섬에 내려 휴식도 취하고
수평선 너머의 미개척지를 꿈도 꾸어야지
갈매기를 벗하는 한가함도
외딴섬의 호젓함도 모두 우리가 가는 길

두근거리던 가슴을 진정하려
장미꽃에 한눈팔던 시간도
새벽이 오는 줄은 몰랐을 게다

28

팀파니의 진동으로 깨어나
심벌의 호통에
오보에는 부드러운 솔로곡을 연주하면
피아니시모로 다시 찾은 평화와 함께
젊음의 벅찬 희망이 비바체로 다가올 게다.

인생교향곡 제3악장

— 중년시절

수놓은 알레그레토의 중년시절
돌체로 엮던 가족의 대화도
간간 피콜로의 날카로운 소리를 들으며
수자의 굵은 목소리로 덮던 시간이다

세찬 비바람이 휘몰아치는 언덕을 오르며
짧은 음표의 박자도 소화해내고
남보다 세 갑절을 뛰었을지도 모를 세월
숨이 턱 밑까지 차지만 두 소절은 더 연주해야 한다

콘트라베이스의 장단도 좋고
튜바와 바리톤으로 이어지는 중년이 되면
휴식시간을 갖고
피아노의 독주로 박수를 받기도 한다

플루트와 바이올린의 어울린 중년의 삶이
첼로의 중후한 소리로 이어질 때
해가 중천에서 강한 빛을 쏟아내듯
본 악장의 절정이다.
이장이 끝나면 지휘봉도 엷은 땀으로 젖는다.

인생교향곡 제4악장

― 트리오

지금은 트리오를 연주할 시간
격동의 시간도 지나고
구구절절 애절한 사랑의 시간도 흘러갔다

가을의 노란 들국화처럼 그 향기가
자랑하지 않아도 멀리 퍼질 것이고
오라토리오의
서곡을 연주하지 않아도 좋다

곧 시들어버릴 황혼의 저녁놀이지만
무엇에 비길 수 없을 만큼의 황홀함이여
가끔은 되돌이표로 인생의 처음으로 돌아가고 싶지만
지휘봉은 허락하지 않는다

지금의 감동으로 편히 눈감는 시간이면
그 느낌대로 서서히 막을 내릴 것이다.

31

인생교향곡 제5악장
― 에필로그

한여름 긴 장마철
추적이는 빗속에
가끔은 푸른 하늘을 바라보며
폴카 같은 경쾌함을 갖고 싶다

인생은 역시 하모니
불협화음도 아름다운 선율로 바뀔 때
우리의 삶도 한결 풍요로워질 게다
클라리넷이 허스키와 맑은 소리를 내듯

라르고로 살든
알레그레토로 살든 빠르기가 무슨 문제일까
세게 살든지
여리게 살든지 소리의 크기가 무슨 문제일까

눈이 온 산길의 호젓함도 좋고
잔디가 파란 목장의 언덕도
푸른 바다를 뒹구는 하얀 파도가 좋은 것을
바람이 연주하는 음악을 들으며 익는 세월이다.

32

조용한 밀림의 나라 캄보디아 · 1

나는 알 수가 없다
세월이 녹아들어 키운 밀림은
번성했던 앙코르제국의 깊은 잠 속에
동화 속의 숲처럼 아련하기만 하다.

천 년을 저어야 하는
우유의 바다가 주는
감로수를 위해 싸우고 싸웠던 사람들
압살라의 조용한 미소가 깃든 나라, 캄보디아

나는 캄보디아의 역사를 모른다
더욱이 크메르족의 앙코르왕국에 대하여
아는 바 없었다
말로만 듣고 책으로 보던 그 곳

깊은 상처를 딛고 다시 일어선 나라
거기에는 너무나 예쁜 웃음이 있고
드넓은 평야와 근심 없는 평화가 깃든 곳
하지만, 수상가옥이 있는 호래삼 호수에 가면 눈물이.

조용한 밀림의 나라 캄보디아 · 2

영육을 넘나들던
앙코르제국의 종교세계
불교와 힌두교의 얘기들이 꼬리에 꼬리를 문다

돌로 만든 사원은 엄청난 규모로
37년간 국왕의 권위를 위해 만든 사람들
무덤이라고 하기엔 너무 크고
사람들이 거주한 곳은 더욱 아니기에
알 수 없는 나라 앙코르제국
화려했던 도시의 잔해가 없어 더욱 궁금한 나라

거대한 돌로 지은 사원은 있는데
사람들이 살던 집은 없다
머리 일곱의 뱀 나가, 천상의 무희 압사라,
반은 독수리요 또 반은 인간인 가루다와
신이 되고 싶어 하던 왕들
모두를 삼켜 버린 정글은 말이 없다.

사백년의 긴 잠에서 깨어나도
알 수 없는 또 다른 잠의 세계
행렬은 있지만 끝이 없고

34

무희는 살고 있지만 율동이 없다
방위는 있어도 방위각을 몰라
동문으로 들어가니 남문에 해가 뜬다.

조용한 밀림의 나라 캄보디아 · 3

밀림이 이어진 평야를 흐르는
강을 따라 달리고 달리니
프놈쁘론 산이 두꺼비 집을 짓고
혼레샵 호수를 내려다본다.

부래 옥잠과 나무들이 떠 있는
호수 길에 수로를 따라
조그만 동력선에 몸을 싣고
낯이 선 수상가옥을 찾아 떠난다.

호기심 반
궁금증 반을 채워줄 미지의 세상
수상가옥과 그들의 생활수단인 노 젓는 배
그물과 수상에 설치된 화덕의 연기가 평화롭다.

울컥 감동을 뿌린 조국의 깃발이 내 걸린 휴게 배
어디선가 벌떼처럼 몰려오는 베트남에서 온 난민들로
쫓기어 휴게실로 올라서니 핑 도는 눈물은
오는 길가에서 손을 흔들며 해맑게 웃어주던 앳된 소녀가.

36

36

조용한 밀림의 나라 캄보디아 · 4

말은 달라도
가슴으로 느끼는 감정과 웃음으로
어느 틈에 서로 이해하는 시간이 된다.

가슴이 따스하다
자나는 길마다 손을 흔들면
답해 주는 예쁜 미소에 흐뭇한 정이 든다.

길이고, 집마다 물이 차서 어려워도
불평 한 마디 없는 순박한 사람들
정을 주고 싶은 그들이 너무나도 좋다.

흰 소와 물소가 어울리고
집은 허름해도 꽃을 심는 사람들
부디 평화 속에 풍요롭게 살기를

조용한 미소의 나라 캄보디아여!

제2부

산책

산책 · 1
– 하늘모퉁이

지는 가을이 미워
길섶에서 앵도라진
붉은 입술 삐죽이는
자국(紫菊)이고 싶다

금광지의 깊숙한
하늘모퉁이에
갈참나무 숲을 뒤로한
회색빛 지붕에 하얀 벽인 이층집

여러 개의 들창을 열면
바라뵈는 호수에
긴 여운을 남기며
미끄러지는 원앙이고 싶다

산 그림자 지는 호수의 저녁
잔물결이 반짝이는 물결들을 주워 모아
그리운 당신 모습이 모자이크 되면
영원히 사랑하는 당신의 그림 내이고 싶다.

40

산책 · 2
— 달개비

천사의 푸른 눈물로
가녀린
파란 꽃이 되었나 보다

낮은 곳
옹달진 곳 마다않고
뿌리내린 달개비 꽃이여

억척스레 살고 지는 너는
오늘은 누구를 기다리는지
가냘픈 꽃잎 바람에 흔들며

긴 목을 세우나니
오랜 기다림이어라

늘상 지나치기 일쑤지만
오늘 만난 달개비 꽃 속에
내 어린 시절이 들어 있을 줄이야.

산책 · 3
- 초가을의 오후

게으름을 피워도 좋은 오후
나른한 어깨를 추스르고
아직 가 보지 못한 미지의 세상으로 향한다

혹시 가다 보면
세쌍둥이 원앙이 헤엄칠지도 모르고
날개 달린 잉어가 물위를 날고 있을지도

나처럼
저 물푸레나무가
행길을 뚜벅뚜벅 걸을지도 모르고

파란 하늘을 흐르는
흰 구름의 손짓을 따라
마냥 떠나고픈 초가을의 오후다.

42

산책 · 4

— 메밀밭에서

코끝에 맴도는 가을에
떨군 눈물방울이 지듯
붉고 가는 몸매에 하얀 꽃망울이
그리움을 토하는 가녀린 가지마다
하얀 순정을 바람에 날리니

달빛도
가던 길 멈추고
소복한 여인처럼 다소곳이 앉아
풀벌레 힘을 빌려와
목 놓아 통곡을 합니다.

무슨 한이 이리 많길래
맺은 열매마다
심장에 비수를 품고
빗겨가는 세월에 처절한 몸부림인지요.

이 밤이 새고 나면
미련 두고 떠나야 하는 나그네
달빛 따라 하얗게 바랜 가슴에
붉던 마음을 찾아 홀로 떠납니다.

산책 · 5
 – 어떤 나들이

단 하루의
축제가 벌어지는
서예 전시장
밝은 감동에서 벗어나

너와 나의 공통분모는
비에 씻긴 맑은 계곡에
두 발을 담그고
지난 세월의 격차를 메꾸어 나간다

어쩜 까마득히 잊어버린
세월의 뒤켠에서 내비치는 햇살같이
어둠 사라지는 진실에 서로를
긍정인 고갯짓으로 시간 가는 줄 모르던

여름날의 얇아진 저녁
돌아서야 할 아쉬움은
또 다시 만날 묵언의 약속이 된다.

44

산책 · 6
– 함티로 가는 길

읍내 마당 산기슭의 늘티고개는
나무 끝에 달린 오색 천에
맺힌 한은 색이 바래고
헤질 때까지 나팔거리면
돌 하나 주워 들고 정성껏 쌓았다.

바람이 고개를 넘으면
굴참나무 그늘에 매미소리가
여름 낮 불붙은 대지의 바닥을
솟는 샘물로 식히며 맨발로 걷는다.

아파 보채던 늘어진 다리를
잠시 쉬고 산모퉁이를 지나
아랫마을 주막집에 웃음소리 들리면
금강이 흐르는 함티도 멀지 않았으리

방앗간이 쉬면 황소도 노는 시간
콩밭 열무도 두 뼘은 자라
방학이면 찾아올 아이들 기다림에
접시꽃 어우러진 함티로 가는 길이 꿈만 같다.

*함티 : 충청북도 옥천군 군북면에 있는 강촌마을.
대청댐으로 지금은 수몰되었음.

산책 · 7

- 옥천을 지나며

정지용의 고향 마을 하계리를 지나
수북리 산봉우리에 구름이 걸쳐지면
나는 어찌지 할 줄 모르는
아련한 그리움으로 가득 찹니다.

금강 줄기 따라 흐르던
대청댐에는 추억이 울컥
내 어린 시절에 버스를 타고
흙먼지 펄펄 날리던 신작로를 달립니다.

강 건너 조약돌 널브러진 강변
까마득히 높게 선 미루나무에
지금도 매미소리가 한창이건만
대청호에 묻혀 버리던 그날은

지나는 길이 더디기만 하고
지금쯤 외갓집엔 누가 살고 있는지
추풍령 오르기 전
금강휴게소에 쉬어가라 손짓합니다.

46

산책 · 8
– 노라의 바다

대천 해수욕장의
긴 해변을 따라
백사장에
파도소리가 켜켜이 쌓이면

잃어버린 시간들
저 너머로
기억의 조각들이
꿈틀거리며 일어선다.

한 많은 노라의 분노로
뒤엎던 험한 바다가
시간이 갈수록 젊던 날이
그리워지듯 다가서고

가슴에 새겨진 깊은 문신은
아직도 뚜렷이 남아
모래언덕을 넘은 해변에는
오늘도 너와 나의 발자국이 남았을 게다.

*노라 : 1962년 우리나라를 강타한 태풍.

산책 · 9
– 동막골

밤마다 외로움을 달래며
생명을 키웠고
말없이 품은 숲에

봄은 봄대로
가을은 가을대로
여름 겨울 없이

새싹의 꽃과 열매가
마른 세월 하얀 세상을 거닐며
기다림의 자지러진 향기는

산이 높아 물 좋은 마을에
사는 사람들의 마음도 둥글고
귀 덮인 점배기도 순진하다.

*동막골 : 안성 금광면에 있는 한적한 마을.

| 황규환 제2시집

산책 · 10
— 고린재로 가던 길

높은 곳을 향하다 떨어진 어느 날
아래로 내려가다 보면
억센 돌 틈도 지나고
나뭇가지에 걸려 넘어지기도 하리라

서로 부딪쳐
빙글 돌기도 하고
빠른 걸음으로 달음박질치다
낭떠러지로 굴러 떨어지기도 하겠지

간혹
소(沼)에 모여
평온한 시간을 보내기도 하고
아픈 다리를 끌며 다시 걸어야 하면

선한 얼굴에 박수를 보내며
못된 일에 마음 상하면
흐린 날에도 정해진 갈 길로 가는 거야
처음부터 할머니가 따 준 나뭇잎 따라 가는 길.

*고린재 : 안성 구수리에 있었다는 고려장 이름.

산책 · 11
− 서운산 계곡

산이 빚은 맑은 술을
마시고 마셔도
줄지 않는 술에 취해

시간 가는 줄 모르고
돌 틈을 비집어 부르는 권주가에
오늘 나는 주선이 된다.

이제껏 살아온
세월의 그늘이
물처럼 흘러가면

세상일 모두 잊고
오늘 따라
흠뻑 젖어 취하고 싶다.

* 서운산 동쪽 석남사 계곡에 묻히고 싶다.

산책 · 12

− 가을이 오나 보다

먼동이 트고
풀잎에 맺힌 이슬이
떨어지는 새벽녘

밀잠자리의 처녀비행은
배 과수원 지나
참깨 밭을 넘고

벼 냄새가 코끝을 스칠 때
메꽃 무리들이
논둑에서 수줍어 손을 흔들면

달맞이꽃이 진 밭두렁 길로
붉어지는 고추에
벌써 가을이 밀려오나 보다.

산책 · 13

– 여름호수

태양의 따가운 눈총을 받으면
투명한 날개에 두 눈을 반짝이는
매미들의 합창소리로
성급한 달맞이꽃이 대낮에 꽃을 피웁니다.

기다리던 능소화는 한창 피고
국적 잃은 노란 민들레가 길가를 헤매는데
붉어진 고추는 성급할 이유가 없는데도
초조한 여름의 이파리들이 땀에 흠뻑 젖었어요.

건너편에서 불어오는
호수의 바람이
상수리 숲을 희롱하고 가면
지친 살비아도 눈시울이 붉어집니다.

잿빛 하늘이 잠긴 호수의 에움길을
씨름하던 낚시꾼이 하루를 접는 시간이면
자귀나무의 분홍 꽃술에 취한 백로들이
물 가르는 호젓한 시간에 찾아오는 호숩니다.

52

산책 · 14

− 도시여행

친척집 혼례식에 가는 길
모처럼의 동반 외출
궁내동 요금소를 빠져 나간다.
청춘 그 시절에 뛰던 가슴은 얼어붙고
슬그머니 잡는 손이 타인처럼 어색하다

남부터미널을 나와
똑 똑 똑 뒤따라오는 소리에
전철이 들어온다.
타려고 해도 뵈지 않는 사람 황당한 일로
궁금증은 휴대폰으로 짜증스런 신호를 보낸다

낯익은 목소리에 미움보다 안도의 숨을 쉬고
계단을 밟아 내려오는 미안감에
휴~ 잃어버린 애를 찾은 것 같아
시골부부는 어정쩡히 걸어간다.
에이~ 조금 힘들어도 자동차를 가져올 걸

식이 끝나고 돌아오는 길은
버스전용도로 자가용들을 앞지르고
사람 마음은 이래서 또 한 번 간사해진다

차창을 지나는 푸른 산을 보내며
버스 타기를 잘 했지
가슴도 닮아가며 서로 늙어가는 부부다.

54

산책 · 15
— 서산 갯마을

서산 갯마을에 낙지 웃던 갯벌을 끼고
어리굴젓이 익는 토굴의 옛이야기 구수한
거기는 내 고향 충청도
천수만의 소금기가 바람에 실려 오면
오늘도 맛조개가 풍성한 날이 된다.

이웃 안면도에 꽃소식이 들리던 날에는
찌든 때 벗으러 봄놀이 간다네.
햇쑥떡에 참기름 살짝 발라
모랭이 한 동이 짊어지면
서산 철새 깃든 에이, 비 지구
봄빛 먹은 바닷가로 화전놀이 간다네

황혼이 물든 서해 바다
서산 갯마을에 저녁놀이 뜨면
구성진 농부의 배따라기 익어가고
갯바위 굴 따던 아낙도 돌아오는
산 그림자 지는 낮은 언덕은
내 마음에 서린 그리움만 몰려오네.

대호방조제 따라 대산에 이르면

대산이 서산인지 서산이 대산인지
동으로 가도 바다 서로 가도 바다
북으로 가면 태안이 걸친 바다
서산 촌놈은 이래서 바다가 좋을시고.

산책 · 16
— 새벽시장 사람들

밤을 낮 삼아 사는 사람들
보부상에서 이어진 질곡의 삶
약속 없는 기다림으로
불을 밝히고 낯익은 얼굴들은 반긴다.

자정부터 준비한 갖가지의 채소와
조기, 갈치, 꽃게, 가자미
해물집, 나물집, 젓갈집
건어물집, 공산품 가게 문을 열고
저마다의 찾아오는 손님들로 붐빈다

인정 어린 희망의 시장 뒷골목은
추운 겨울날도 훈훈하다
쪼갠 시간에 경매가 쉬는 틈을 타
늘 먹던 미역국과 막걸리 한 잔으로
싱싱한 무속 같은 새벽을 연다

해풍을 먹고 자란 울릉도 취나물이
아침 햇살에 더욱 싱그럽고
깐 마늘, 도라지 채와 함께
오늘도 동네 아줌마들의 시장바구니를 채울 게다.

제**3**부

봄봄

봄, 봄, 봄 · 1

봄볕이 잔잔하게 스민 호수에
봄빛이 더욱 푸르게 물이 듭니다.
물위를 한가롭게
줄을 짓는 원앙들의 무리들의 봄

아마 나의 젊음도
그 뒤를 따르고 있었으리라
그래서 우리의 청춘도
마냥 행복했으리라

호수 건너
겨울잠을 깨어나는 숲에
아지랑이가 일고
푸른 솔바람이 불면

들로 뛰던 어린 시절
버들피리 불던 철없는 시절
그날의 봄은 새 생명이
가득 채워진 고향의 봄이었습니다.

봄, 봄, 봄 · 2

봄기운이 도는 산자락 끝
양지바른 곳에
인적이 드문 물웅덩이 하나 있다

어느 날
개구리와 도롱뇽이 알을 듬뿍 슬었다

까뭇까뭇한 씨알들을
우무덩이에 감싸인
구슬 같은 개구리 알
염주알 같은 도롱뇽 알

신경통에 좋단 말에
마구잡이로 잡혀가는 어린 알들
목과 가슴아
살려고 나온 생명들인데 같이 살자

어미 개구리의 맑은 눈
어릿광대 같은 도롱뇽 걸음이
돌아서는 발길에 봄, 봄, 봄
깊은 산골에 따스한 봄볕이 내리는 봄이다.

봄, 봄, 봄 · 3

금광호수에 드리운
노송의 물그림자 위로
흐르는 구름의 밝은 웃음이
햇볕 속으로 부서지며 아롱질 때

줄을 지은 원앙의 무리가
잔잔한 물결을 가르면
봄은 푸른 빛을 가득 싣고
살갑게 돛배를 띄우리라

생강나무 노란 향기도
붉은 진달래의 청순한 얼굴도
이팝나무 하얀 꽃의 짙은 향내로
이 세상은 봄꿈의 향연

우리 남창 밑에도
봄이 실바람에 실려 와
꽃망울이 터지는
소식으로 목을 빼고.

봄, 봄, 봄 · 4

개나리가 화사하게 꽃피우고
바람도 자는 날
아가는 엄마와 봄나들이를 나왔어요.

유모차에 햇볕이 따스하게 내리고
초롱초롱한 눈망울에 꽃들이 비쳐
애기는 까르르 방긋 웃습니다.

뒤따른
형아의 굴렁쇠가 지나가고
누나의 인라인 스케이트도 지나갑니다.

산새가 재잘대는 산골
새싹으로 덮인 길가에
민들레 흰 꽃도 활짝 웃었습니다.

봄, 봄, 봄 · 5

찬 기운이 가신
훈훈한 바람이
멀리 산 넘어서 오네요.

양지녘 물웅덩이에도
개구리들의 세상이
서로를 부르는 소리가
야단법석을 치며
경쾌한 소리로 봄을 깨웁니다.

한적하고 나른한 오후
게으름을 피워도 좋을
막연한 기다림에 봄날이 옵니다

새잎 돋아나는 꿈이
가느다란 가지에 걸려
마냥 흔들리는 춤은 끝날 줄 모릅니다.

64

봄, 봄, 봄 · 6

봄이 오면
겨우내 텅 비었던 밭에
밑거름을 뿌리고 깊게 갈아
씨앗 뿌릴 기름진 땅을 준비합니다

잔돌을 골라내고
이랑도 만들어
상추, 오이, 고추, 쑥갓 같은
푸른 채소 씨앗들을 뿌릴 거예요

꽃이 피고
노랑나비가 한가로운 늦봄이 되면
쌈을 쌀 채소와 풋고추를 소반에 바친
깔끔한 식사를 준비하겠습니다

양지바른 담장에 황매화가 피면
암탉도 병아리도 모이를 쪼고
봄볕 내리는 자운영 붉은 논둑엔
어미 소가 송아지와 함께 정답습니다.

봄, 봄, 봄 · 7

건넛마을 수탉 우는 소리에
일하던 손을 놓고
아랫마을 컹컹 짖는
검둥이소리에 시름을 덜어 놓는 계절

초봄의 햇볕이 들판을 어루만질 때
아지랑이 속에 피어나는 봄의 기운
마른 풀잎 모으고
묵은 볏짚 끌어 모아 불을 놓는다.

겨우내 찬바람 불던 빈들에
솟구치는 하얀 연기는 올 농사의 신호탄
못자리 준비로 한창인 날
씀바귀, 냉이의 봄 향기로 입맛을 돋는 계절

들에는 돌나물과 돌미나리
산에는 홑잎나물과 삽취 싹
아버지 좋아하시는 두릅 순에
봄의 식탁은 봄, 봄, 봄이려니.

66

봄이 지나는 길목

꿈에 그리던 고향이 여기 쯤일까
잃어버린 별빛도 살아나고
찌들던 도시의 달님도 밝은 얼굴
봄밤 새도록 목을 놓던 두견새에
마음은 온통 그리움으로 몸살을 앓는다.

삼나무가 빽빽한 숲에
바위를 휘돌아 졸졸거리는 대화가
봄빛을 머금고 한결 푸르다

옛 머슴총각의 더벅머리처럼
외투를 걸친 숲길에
속살을 덮은 가랑잎이 바스락대면

딱따구리 장단에 올챙이의 뒷다리가 성큼 자라며
웃음이 헤픈 진달래에 마음 빼앗긴
휘파람새의 호흡도 빨라질 게고
내내 이렇게 익어가며 서서히 여름을 준비할 게다.

봄나물 캐기

잔설이 자취를 감추고
훈훈한 바람이 불면
들로, 밭으로
나물 캐러 나갑니다.

봄내음이 맡고 싶어
냉이 한 웅큼 캐고
봄내음 먹고 싶어
쑥도 한 소쿰 뜯었어요

오늘 저녁은 냉잇국
내일 아침엔 쑥국
우리 집 식탁에
맨 먼저 봄이 왔나 봐요

봄내음이 꽉 찬 우리 집은
모두가 밝은 얼굴
즐거운 시간이 흐르고
모두들 봄의 생기가 넘쳐나지요.

68

그녀의 봄

복사꽃 아롱지니
설도의 노랫소리 들려오는데
님은 어딜 가고
꽃만 곱게 피었는가

그녀가 부르던 춘망가는
누굴 사모하는지
연리지의 백거이인지
사귀던 원진인지 몰라

노랫소리 애절한데
님은 오늘도 보이질 않고
꽃잎은 하염없이 물 위에 떨어지니
가는 세월에 그리움만 차곡차곡 쌓이네

가는 봄이 애석함은
소식 없는 임이기에
이제는 꿈에서도
원망조차 그리움이어라.

봄은 봄이네요

동녘에서
찬바람이 불어도
봄은 봄이네요

쇠잔한 마음에도
설레임이 일고
천사의 나팔 하얀 꽃잎에
훈훈한 기운을 내뿜습니다

꽃샘바람이 아무리 추워도
개나리가 샛노랗게 화장하던 날
군자란도 굵은 꽃대궁을 내밀어
찬란한 봄을 맞이하네요.

그래요 바람이
그리 맵지 않으니 봄은 봄이네요.

70

| 황규환 제2시집

봄날의 유혹

신록이 돋은 봄이 오면
나는 너를 끌어안고 싶다

벌이 붕붕 날고
나비 날갯짓에 봄바람이 불면
겨우내 갇힌 창을 활짝 열어
쌓인 먼지를 훨훨 털어낸다

이 맑은 산골에
달콤한 공기는 나의 생명
시원한 약수를 흠뻑 들이키면
싱그러운 햇살로 눈부신 부자가 된다

텅 빈 마음을 비집고 뿌린
훈훈한 바람이 불 때마다
산벚꽃이 꽃비로 흩날리고
청순한 새싹들이 옛날처럼 돋아나면

지난 날 앳된 추억에
풋풋한 그 시절이 되면
꼭 안고 싶은 이 계절
튤립의 빨간 입술을 훔치고 싶은 봄이다.

어느 봄날

졸음에 겨운 봄날 오후를
건들바람이 지나며
귓속말로 전하는 속삭임은
산 너머 산골에는 살구꽃이 구름 같고

멀찌감치 뻗은 낮은 능선 따라
돌배나무 꽃잎도 하얗게 눈부시며
복사골엔 분홍빛 설레임이 흐드러지니
신록으로 덮인 산천은 꿈의 고향이다

지나는 바람결에
서로 희롱하며
우지우지 우짖는
산새들의 고운 노랫소리 들으며

노송의 해묵은 등걸에
켜켜이 쌓인 세월로
푸르러진 솔잎은 깨달음이 깊어
아무도 그 깊이를 알 수가 없다네.

그 해 봄날

무르익은 봄날의 오후
갑갑증이 몰려
선방의 문을 활짝 여니
산속 시원한 기운에 머리가 맑아진다.

쪼릉 쪼르릉
옥쟁반에 구슬이 구르듯
산새소리의 경음이 먼 옛길로 다가오면
정적이 깃든 산사의 약수터에도 생기가 돋는다

어느 틈에
등산객들은 소리 없이 찾아오고
표주박으로 갈증을 달랠 때
팔랑거리는 나비의 날갯짓이 한가하다

이 봄 오월에 자멸하는
조팝나무 하얀 꽃잎이
바람이 불 때마다
날리는 꽃비로 휘날리는 눈처럼 쏟아진다.

봄의 소리

솔잎이 더욱 푸르러진 날
열린 동공에 쏟아지는 봄빛은
등걸을 타고 들리는 물오르는 소리

아침나절 맑은 새소리에
덤불을 비집고 돋아나는
겨우내 떨던 새싹의 젊음이

언제인가 울려 퍼지던
종소리인지 아니면
바람이 건드린 풍경소린지도 몰라

기억의 귀를 열고,
마음을 열어
외침을 듣는 봄날이 행복인 것을.

봄은 한겨울 속에서 온다

서해를 건너와
귓불을 스치는 바람소리

나직이 속삭이는
서늘하고 부드러운 소리가 들리면
들어설 봄날은 아직 이른데

먼 산봉우리에 서성대는
너의 모습이 보였다가
사라지는 가물가물한 하늘

솔잎 가르는 너의 자취는
성성하게 뚫린 창으로 왔다가
쓸쓸한 발걸음을 되돌리고

햇볕 맑은 겨울의 양지녘에서
기지개를 켠 풀잎들은 돌아누워
마른 잎사귀를 이불 삼아 선잠을 잔다.

제4부

아버지의 여름

아름다운 날에

황홀함보다
지극히 선한 날
욕망보다
평상심(平常心)에 부는 고요가

꽃이 주는 아름다움과
천상의 음악 같은 새소리로
휘어진 가지를 스치는 맑은 공기
깊고 높은 하늘의 선물을 받은 날이다.

아버지의 여름

사기 종지에
소주 한잔 따라 드시던
여름날 아버지의 여유

풋고추 매운 맛에
웃음소리가 쟁쟁한데
고향집 툇마루엔 지금은 누가.

여름의 향연

내 가슴에
청진기를 대 보세요
들리는지요

한 소절의 음악에도
미어지는 가슴은
그리움에 이는 가슴앓이

하늘나리 피는 여름 언덕에
익어가는 사과나무가 생기가 돋는
한 줄기의 소나기 향연이 아닌가요.

고향 · 1

하늘은
하늘이라 파랗고
산은 산이라서 푸르다

강은
강이라 길고
길은 혼자라서 외롭다

하늘, 산, 강, 길.

낮달이 내려다본
그곳은
내가 살던 푸른 고향이다.

고향 · 2

동구 밖
느티나무에는
내 어린 꿈이 매달려 산다.

그네를 타고
하늘을 쫓던 어린 꿈이
휘~ 쉬~ 구르면
높이 솟아 하얗게 질리고

밤 깊은 줄 모르던
단오절 동네 사람들의 웃음이
지금은 두고 온 고향 친구처럼 가물다

누굴 기다리는지
마을 동산 쓸쓸한 묘지 위로
어디서 왔는지 모를
낯선 바람만 머물다 간다.

고향 · 3

지금쯤 내 고향에는 바람이 일렁이는
키 큰 호밀밭이 있고
채석장 가는 길 탱자나무 울타리 안에
순이네 빨간 딸기가 헤픈 웃음을 웃을 게다

두엄 냄새 풍기던 자뜨락 밭에
밭갈이 쇠스랑으로
돌 고르는 소리가
스르렁~ 스르렁~ 하소연 같던 그 옛날

산자락 치마 밑을
비집고 솟아나는 옻샘은
등에 맺힌 땀을 식히고
찬밥을 물 말던 한여름 점심식사가 그립다

반딧불이 날던 초저녁 개울 작은 소에는
숨어 보던 붕어들의 호기심에
목욕하는 여인들의 하얀 엉덩이가 흐리게 비치고
아침이면 모래톱에 반짝이는 햇살에
추억처럼 고추가 빨갛게 익고 있을 게다.

83

고향 · 4

제실 집 향불의 짙은 냄새 맡으며
억세게 자란 담쟁이가 넝쿨손으로
내 마음을 움켜쥐면
나는 아스라니 먼 그 시절로 돌아간다.

어쩌다 바람 불어 떨어지는 도토리가
잃어버린 제 짝인 양 덤비는 풍뎅이
연신 안달 난 듯 손길로 쓰다듬지만
말 없는 도토리가 미워서 빈 하늘로 휭~ 날아간다.

한낮의 더위도 아랑곳하지 않고
돌담에 기대 핀 접시꽃이
지나는 호랑나비를 부르고
싸리 울타리에 날개 쉬는 잠자리가 한가롭다

풍뎅이
호랑나비
잠자리가 머물다 간 자리는
여름의 뙤약볕이 눈부신 제실 집 마당이었다.

고향에 머문 구름

고향에 두고 온 산하
솔잎에 조각난 하늘 위로
나를 무등 태워 놀던 뭉게구름이
느티나무 화라지에 걸려 웃는다.

잿빛으로 덮인 추석의 하늘
설익은 사내의 설레는 수줍음은
서쪽 하늘을 물들던 저녁놀처럼
순이 뺨도 붉게 물드는 고향 하늘

살구꽃 그늘진 고향의 하늘에
아저씨의 너털웃음도 있고
목장 풀밭에 양떼가 뛰어 놀듯
인자하시던 할아버지의 흰 수염도 쉼 없이 나부낀다.

흘러가는 하얀 조각구름아
가는 길에 나도 같이 가자
백로가 거니는 넓은 들에
고향 하늘은 파랗게 아스라이 멀기만 하다.

고향의 칠월

잊고 지내던 사이에 벌써 칠월
울밑에는 봉숭아가 필 게고
동구 밖 미루나무에는
매미가 늦은 저녁 해질녘에도 노래하리라

뭉게구름 피는 서쪽 하늘은
저녁놀이 고울 게고
벼 익는 냄새로 들녘을 감싸면
반딧불이 은은한 빛에 교향곡이 정겹게 흐르리라

별빛 쏟아지는 고향집 마당에는
달맞이꽃이 화사하고
엷은 모깃불이 깊은 밤까지 아른거리면
꿈속의 고향생각에 여름밤이 짧으리니.

고향의 칠월은 내 생일이 있고
어머니의 국수사발과 복숭아 소쿠리에
축복을 받던 귀한 달
어찌 그 때를 잊을까 보고 싶은 할아버지의 모습.

86

고향이라는 것

누구인들
고향이 그립지 아니 하랴만

고향이란
내 살이 태어나고
내 뼈가 묻힐 곳이다

살아있는 동안
추억 살아있는 한
언제나 정다운 얼굴들이 반기는 곳

타향에서 어렵고
힘들 때도
늘 그리워하며 희망을 갖는 곳

외로움이 일 때면 찾고 싶은 고향 마을
마음의 고향을 잊지 않고
어디서든 평생 노래하리라.

갈잎은 봄이 슬프다

꼭 네가 세 살 되었을 때
나는 푸른 군복을 입고
등에 땀을 적시며
산을 오르고 있었다.

너의 울음소리로
새 잎이 돋고
너의 손짓으로 꽃이 피면
바람은 꽃비로 인사를 했다

네가 꼭 세 살이 되던 그 날
청춘의 모자를 멋지게 쓰고
신록은 하루 종일
봄놀이에 정신이 팔렸고

먼 길을 돌아와
네가 나만큼 자란 지금
오래된 나무 등걸처럼
나는 햇볕을 쬐는 낙엽이려니.

88

할머니 얘기

진달래꽃이 활짝 폈다
먹는 꽃, 참꽃이라 했다
"아가야 이리와 꽃 줄게"
할머니 얘기는 시작되고

바위 뒤에 숨어서 꽃을 들고
아이를 부르는 무서운 모습으로
몸에 걸친 마대자락이 펄럭이면
아이의 등에 땀이 밴다.

철쭉꽃이 폈다
"저 꽃을 먹으면 미쳐서 죽는단다."

철쭉꽃을 먹으면
미쳐서 죽는지 모르지만
진달래보다 짙고 예쁘면서도
미운 꽃 철쭉이라

매년
봄마다 할머니는
참꽃이 피면 오시고
철쭉이 피면 가신다.

오월의 만행(晚行)

아침 햇살에
새잎은 더욱 청순해지고
그 이파리와 꽃술은
신록 속에 인생이 새겨져 있다

추울 때는 알몸으로
추위를 이겨냈고
더울 때는 땀방울로
씨앗을 잉태했으리라

늦은 흐름으로
오월의 온 널판으로 가는 길
자연의 소리
한가운데에 나도 어우러지고

봄이 천천히
우리 곁을 지나간다.
그리고 지나는 세월을
나 또한 봄 길을 천천히 걷고 있다.

마곡사에서

오늘은 마곡사 뒷길에서
빨갛게 익은
가을의 얼굴을 보았습니다

낙엽이 우수수 떨어지는
실개천의 물위로
엷은 햇살이 고물고물 헤엄을 치듯

철썩 가슴 치는 그리움에
하얗게 바랜 구철초가 흐드러져
철없던 어린 시절 내 모습 같습니다

오늘은 마곡사 뒤안길에서
선구자가 거닐던 쓸쓸한 산책길에
멈출 수 없는 방황의 가을을 보았습니다.

산행(山行)에서

아득하게 올려다 보이는 높이마다
마음 두고 차는 듯, 오르는 숨이 가쁜 길에
코가 닿을 듯 지면은 눈에 달라붙고
배낭 그림자를 천천히 뒤쫓는 순한 거북이 된다

겸손, 복종, 극기는
큰 산, 높이 오를수록 지켜야 할 수칙
인내하며 호젓이 오르는 길은
좋은 친구 하나 사귀어 배우고 채워지는 선물

맑은 산새들의 지저귐이
계곡의 정적을 깨우고
인생의 덧없는 한 폭의 그림이
사슴의 말간 눈 속에 허무로 비치는데

철없던 시절, 고향의 뒷동산에 올라
진달래 꽃잎을 입 안에 가득 따 담고
또아리를 틀어 햇볕 쬐던 꽃뱀으로
산 뻘기 부드러운 입술에 유혹되던 어린 기억

92

먼 길 돌아와 이제 가리라

세파에 쩔어 버린 마음을 씻고
번뇌를 잊으려 오르던 절봉(絶峰)에
히말라야의 욕심 없는 하얀 꿈이 거기 있음이라.

백련암에서

탐스런 감이
주렁주렁 달린 감나무
이파리 하나 없이 가을볕에 알몸을 데핀다

따스한 한적 골이
내 어릴 적 살던 마을 같아
베어 넌 깻단이 쌓인 밭이랑 따라
어제 불던 청풍(淸風)이 오늘도 분다

먼 산 위에 뜬 구름 한 조각
발 아래 절간 사시예불 독경소리에
마곡사의 가을은 깊어가고

불보 비림 곁에 흐드러진
순백(純白)의 구절초가
사랑하던 청초한 여인네 같아
벅찬 가슴의 여음(餘音)은 삼밭에 울던 바람소리

*백련암 : 공주 마곡사에 딸린 암자, 김구 선생이 피신해 계시던
곳.

제5부

갈잎에 쓴 편지

갈잎에 쓴 편지 · 1
— 갈잎 편지

종이 대신
갈잎의 몸을 빌려 편지를 씁니다

떠나기 전
꼭 하고 싶은 말

베풀어주신 은혜
영원히 기억하겠습니다.

허공에서 앳된 목소리로
노랫소리가 들려옵니다.

"뜰에는 반짝이는 금모래 빛
뒷문 밖에는 갈잎의 노래"

철없던
그 시절이 그립습니다.

갈잎에 쓴 편지 · 2

― 가을엔

초겨울
햇살이 부서지는
하얀 억새꽃

어쩜
그 모습이
내가 닮을 모습 같다.

갈잎에 쓴 편지 · 3

- 가을 숲

가랑잎에 쓴 사연
메마른 세월이
네 곁에 있어도 외롭지 않다

머지않아
찬바람이 불면
이 숲길에 흰 눈이 덮이겠지

산토끼
고라니
뛰어놀던 숲에

머루, 다래 넝쿨
마른 잎에
엷은 겨울 햇살이 곱다.

갈잎에 쓴 편지 · 4

– 초겨울

가을과
겨울 사이

그 여백에서
지난날의 나를 본다

지금껏
걸어온 길이 까마득하다.

터벅터벅 오르는 길
쌓인 가랑잎을 덮고 햇볕이 길게 누워 있다.

99

갈잎에 쓴 편지 · 5
− 늦가을에

외줄기로
여름내 힘껏 자라나
초년을 보내는 나무 한 그루

가느다란 몸체에
매단 파란 이파리
달랑 한 장

고요 속에
철모르고
초겨울을 맞이하네.

갈잎에 쓴 편지 · 6
 - 무덤

언제나 양지바른
비탈에 누워
산새소리 들으니 당신은 참 좋겠소

전생에 무엇을 했는지
물어도 좋은 날
그것마저도 부질없는 질문이지요

하지만
무덤 앞에 세운
비석에는 또 무엇이라 쓰였는지

그대 역시
죽어서도
마음을 비우지 못했구려.

갈잎에 쓴 편지 · 7

– 소설

소설(小雪)이라는 시절
오신다던 흰 눈은 내리지 않고
적막한 산골에
빛은 세월 타고 흐릅니다

기다림이 없는 기다림 속에
그것이 죽음으로 가는 길이라도
자연 속에서
자유를 배운 나의 바람(風)입니다

오늘은
참으로 맑은 소설(小雪)
당신이
오시던 길을 잠시 잊었나 봅니다.

가을꽃밭에서

늦가을 오후
짧은 햇살 아래
선선한 바람이 분다.

줄무늬 노란 분꽃과 사탕 봉숭아
그리고 외줄 타고 힘껏 기어올라 핀
보라색 나팔꽃 송이 송이들에

꽃밭 울타리에
물든 단풍잎 하나가
바람에 날아와 앉는데

피아노 연주 따라
덧없이 늙어버린 추억 한 잎인가
담쟁이 붉은 잎이 힘이 없다.

가을바람(秋風)

어제 밤에
네가 듣던 귀뚜리 소리를
오늘 밤에는 내가 듣네.

한여름이 속절없이 지나가고
어느덧 찬이슬 내리니
먼 고향 생각에 한없이 서러움이 인다

푸르던 감이 노랗게 물들 듯
검은 머리는 백발을 날리는데
오동나무를 스치는 소리가 하늘 높다

별빛마저 차가운 가을밤을
가랑잎 지는 소리에
잊었던 고향친구의 너털웃음소리가 아련하다.

104

가을나비

가을 들꽃
고마니 무리 진 꽃밭에
길 잃은 한 마리의 가을나비

하얀 꽃잎 끝을
분홍색이 물든 별꽃 같은 꽃밭에서
꽃마다 탐닉하며 달콤한 사랑에 빠집니다

사랑은 질투를 부르는지
흰나비 한 쌍의 어지러운 날갯짓에
횡~ 바람도 가냘픈 꽃대를 흔들고 가면

산사(山寺) 멀리서 들려오는
독경소리와 짧은 햇살에
날개를 접고 천천히 눈을 감습니다.

초가을 햇볕에

수숫대가 붉어지는
솔바람 부는 가을 햇살에
마음은 온통 흔들리고
귓바퀴를 적시던 풀벌레는
별빛을 벗 삼아 긴 편지를 쓴다.

미처 못다 한 얘기를
가슴에 품었던
못다 부른 노래가 붉게
때로는 알록달록한 사연을 담아
낙엽 한 장을 바람결에 띄우면

그것은
또 다시 살아나는 아픔
차라리 고엽(枯葉)의 슬픔이 되어
목에 감싼 긴 스카프를
맑은 바람결에 날리고 싶은 가을 하늘이다

106

나뭇잎

나뭇잎 한 잎도
버리지 않는 당신

아하!
그것이 벌레집이었구나.

이 세상 모두가
귀한 생명들이 사는 삶의 터전으로

서로 나누며 사는 세상은
밤하늘에 빛나는 별빛보다 곱습니다.

이별 · 1

좌선의 방에 침묵이 흘러도
먼 곳에서 울려오는 독경소리는
들리는 듯 들리지 않고
어두운 듯 밝아오니
죽비의 소리 없이
시간도 긴 호흡도 가늘게 멈춘다.
의미 없이 손등에 얼룩진 검버섯
세어버린 흰 머리칼이
깊이 패인 주름살처럼 허한 인생을
정답던 친구를 불러보며
돌아오지 않을 세월을 노래하리라
나에게 마지막 소원은 헝클지 않는 마음으로
맑은 계곡물처럼
밤새워 흐르며 자취를 덮는 것이러니….

이별 · 2

당신이 내가 아닐 때
가버리면 그만인 것을
내가 당신일 때 가버리니
마음만 아플 뿐

휑한 구멍에 바람이 일듯
가뭄에 시든 풀잎일지니
당신도 내가 아닐 때
말없이 조용하게 떠나세요.

약속 없이 가시면
눈물도 없을 것을
가슴에 미련을 남겨두고
홀로 떠나야 할 몸

그래도 한 번 쯤 뒤돌아보며
망각이란 세월 속에 추억이란 물방울
한 방울씩 떨어져 고갈되는 날
그 때가 그대와의 이별인 것을.

이별연습

여러 날 여러 번
잊자고 다짐을 해도
울컥 쏟아지는 그리움에 몸을 떤다.

기다리는 사이
모르게 떠나가듯
멀어진 배에 궁금증이 일어도
쉽게 포기되면 좋을 듯하건만

한 때는 몸서리칠 만큼 기대고 싶던 때도
함께한 시간이 짧기만 하던 때도
눈을 떴다 감을 때까지
너와 항상 함께이고 싶었다.

먼 훗날 아릿한 기억 속에 머물러
모르는 사이에 훌쩍 가버리고
햇빛 내리는 백사장에 찍힌 발자욱처럼
스치는 바람결에 말없이 가버린 사랑이여.

어떤 이별

아무도 찾지 않는 집에
혼자 쓸쓸히 떠나는 날
외로워도
외롭다 말하지 않으리라

점점 멀어져가는 기억으로
쫓을 이유야 없지만
가장 행복했던 순간만을
간직하며 떠나고 싶다

아무도 찾지 않는 외로움에서
돌아오지 않을 마지막 여행을
가장 평온한 웃음으로
티 없이 맑은 어린 시절로 돌아가

111

앵두꽃 피던
골 단추 노랑 빛에
할아버지의 환한 웃음 찾아
할아버지의 따스한 봄을 따라가리라.

이별을 준비하며

오늘도
그저 보고만 싶습니다.

만나서 차라도 한 잔 하며
담소라도 나눈다면
이 외로움이 풀릴 텐데 시간이 흘러도
마음뿐 다가서질 못하는 오늘이 마냥 외롭습니다.

초겨울 김장하는 아낙의 손길은
바쁘고 즐거울지 몰라도
풀잎을 스치는 바람을 맞으며
저무는 한 해가 덧없이 흐르고 있네요

떠나야 할 시간이 가까워짐을 느낍니다
고요 속에 평안한 마음으로
잠자듯 조용히 떠나고 싶음은
이 또한 덧없는 욕망에 눈먼 시간입니다.

인연이 다 되면 비우고 비우려는데
자꾸만 솟아나는 애착이
이리 깊은 줄 몰랐네요
어쩐대요 욕심인 줄 알면서도 미련을 떠네요.

112

제6부

겨울그리움

연서 · 1
― 인연

계곡 물소리가
잔잔히 들려오네요

인연 따라 만나고 흩어짐이
자연의 섭리라지만
노스님의 가슴에도
애틋한 사연이 아직 남아있는지요

동에서
서쪽으로 구름이 몰려가네요.
아마도 한 줄기 소나기라도 오려는지
먼 대양에서 불어오는 바람이 가깝습니다.

생각하며
써 보낸
깊은 사연 속에
조용한 평화가 찾아옵니다.

생에서 죽음을 모를 때가
가장 행복한 시절이라지요
젊고 푸른 날에
곱디고운 꿈을 엮으십시오.

114

연서 · 2
– 외로워도 행복합니다

외롭다는 것은
그리움이 남아 있기 때문이고
보고 싶다는 것은
당신이 늘 거기에 있기 때문이지요

오늘은
당신 생각에
서로 호흡을 맞추던
숲에 깃들고 싶어 산을 오릅니다

시원하게 재잘거리는 계곡의 물소리
흘러가는 구름의 하얀 미소로
밝은 마음에
또 다시 당신이 보고 싶어집니다

눈을 가늘게 떠 보세요
그리고
흔드는 손이 보이는지요
당신 생각에 오늘 하루도 행복하답니다.

연서 · 3
– 넋

멀리 떠난 너의 넋이
푸른 호수에
고운 노랠 부르는
잔잔한 물결이면 참 좋겠다

보고 싶을 때마다
바람으로 찾아가
네 살결을 매만지며
평화로이 머물고 싶다

꽃도
나무도 한창인 여름
푸른 하늘에
흘러가는 저 구름이 네 얼굴이면 좋겠다

밝게 웃어주는 하얀 구름
먼 대양을 건너온 바람이
너를 힘껏 감싸 안아도
텅 빈 가슴엔 능소화 꽃으로 지고 있다.

116

연서 · 4
— 내 가슴에 촛불

배롱나무 은은한 빛으로
내 가슴에 촛불 하나 켠 사람
나도 덩달아 그대 가슴에
참나리 꽃 한 송일 피우겠습니다

호랑나비 나풀대는 하늘 밑에
쑥부쟁이 야들한 보랏꽃이
그대의 웃음처럼
한낮을 밝게 웃네요.

흐르던 구름이 잠시 멈추듯
생명을 잉태한 여인의 발걸음이
법당에 오르던 계단에서
백팔배의 숨소리로 여름을 보냅니다

영산전 팔작지붕의 멋드러진 추임새에
풍경소리마저 님이 부르는 노래로
내 가슴에 켠 촛불 따라 일렁이고
한 줄기 피어오르는 향불에 맑은 기운이 돕니다

이 순간

어찌 해야 하나요
남몰래 잊기에는 너무 아프네요
그저 수줍은 달리아처럼 고개를 푹 숙일 거예요.

118

낙엽을 밟으며 · 1

이 가을
나무는 어찌 하여
외로움을 물들일 줄 알았는지
나도 나무들처럼 붉게 물들고 싶다

이 가을 보내며
나뭇잎은 어찌 하여 괴로움을
이파리로 떨구는 줄 알았는지
나도 쓸쓸함을 바람에 날리고 싶다

오늘 따라 낙엽 쌓인
뜨락에 실바람이 분다
나도 바람 따라
무작정 떠나고 싶은 역마살이 인다.

119

낙엽을 밟으며 · 2

언제부터인가
나는 너로 인해
기다리는 습성을 가진 동물이 된다.

어제도
오늘도
기다리는 소리는 들리지 않고

바람이 불 때마다
한 웅큼씩 빠지는 머릿결에
싫증이 날 때까지 가지고 놀던 이파리

붉게
또는 노랗게 물들여 놓고
짧게 지나는 시간을 버리는 허망함

망가진 장난감처럼
버려지고 나뒹굴 낙엽 쌓인 정원을
정처 없이 떠도는 마음이 무거워진다.

120

낙엽을 밟으며 · 3

또 한해가
속절없이 가나 보다
풀잎들이 어느새 말라 버렸고
뿔뿔이 흩어질 제 몸을 떼어버리는 날

아득한 기억 너머로
들려올 아련한
너의 소식은 감감하고
맑은 슬픔에 외로움을 마시고 있다

궁금증이 이는
너의 웃음소리에
덩달아 그리움이 배어난다
내년이면 뛰어놀아도 좋을 시간

따가운 햇볕에 그을릴 여름을
건강하게 보내고 있을 녀석의 꿈
뽀얀 네 목소리가 그리워
오늘도 다이얼을 돌리는 저녁이다.

실연의 세월 · 1
― 사슴과 철새

조금만 틈이 생기면
나가고 싶던 좁은 문에서
이제 가고 싶어도 갈 수 없는 나라
찾기에는 내키지 않는 설운 당신 생각

립스틱 붉게 바른 노래로
축축하게 젖은 땅에 서서
잔설처럼 남아 있는
먼 산의 사슴처럼 외돌고

동토에 봄날이 멀 듯
바람 한 점 없는
겨울하늘을 날아가는 철새가
둥지를 틀어도 몇 날

처음이고 싶은 괴로움이
차창에 흐르는 비애로
시들어 버린 우듬지를 적시면
그 끝에 피는 어설픈 소식 하나.

122

실연의 세월 · 2

— 눈동자

다가가기에
너무 멀어진 당신

슬픈 눈동자는 씻지 못한
동아의 눈처럼 흐린데

깜박거리는 어린 시절은
파란 하늘의 꿈이 오래건만

따스한 봄에 피는
수선화는 마냥 봄날이 짧다.

실연의 세월 · 3

— 기다림

언제부터인가
기다리는 시간에
밝은 목소리로
기쁜 소식 오기만 기다리지요.

해를 넘기고
새해의 첫 달도
소식 없이 그냥 지나니
기다리는 마음에 오기만 남습니다.

기다리는 동안
생각이 날 때마다
잊자고 다짐하건만
가슴은 그렇지 못하나 봅니다.

봄까지 기다려도 소식 없으면
못 잊을 줄 알면서도
그 때 가면
영원히 돌아서리라 다짐합니다.

124

실연의 세월 · 4

― 진실

그 언젠가 하얀 차돌멩이 묻고
그 위에 오줌을 뿌리고 열 밤 자면
곱돌(滑石)이 된다던 맹랑한 속설을 믿듯

나는 네가 하는 말이
언제고, 무엇이든
한 번도 부정해 본 적이 없다

빤한 거짓말인 줄 알면서도
특히 사랑한다는 말에는
의심 하나 없이 순진하게 믿었다

머리를 쥐어박고 싶도록 상처를 받은 날
차돌은 곱돌이 아닌 차돌멩이로 남아
어리석다는 듯 하얗게 웃고 있었다.

겨울그리움 · 1

겨울은 겨울대로
내 가슴을 태우는
오래 된 그리움이 있다.

군밤 한 봉지 사들고
달빛 어린 하얀 눈길을
한없이 걷던 추억의 밤이 그렇고

따끈한 아랫목에 언 발을 녹이며
갓 쪄낸 할머니의 조청 발린 시루떡과
구수한 덕담이 그렇다

사그러드는 화롯불 온기에
사랑방 문틈으로 새는 불빛을 받으며
두런거리던 겨울바람이 문풍지 울리던 밤

하늘 높이 얼어붙은
초롱초롱한 별빛이 그렇고
긴 겨울밤 잠 못 이루던 상사(相思)의 밤이 그렇다.

126

겨울그리움 · 2

바람이 불어도
먼 시야의 숲은
바람소리가 들리지 않는다.

피부로 스미는 찬바람은
눈먼 겨울 속
밝아지지 않는 새벽에

높이 솟은 바위는
귀(石耳)를 열고
얼어붙은 그리움을 달래는지

빈 가지에 대롱거리는
동박새의 소리도
정적 속에 파묻혀

외로움을 타는
그리움은
마른 이끼가 된 지 오래.

127

겨울그리움 · 3

함박눈이 쏟아지던
화이트 크리스마스 이브의 밤
그 날은 사랑을 고백해도
작게만 여기던 트리의 점멸등이었고

아궁이의 군불은
젊은 날의 더운 피처럼 달아오르면
새벽 송으로 졸음을 몰아내며
추위를 녹이던 보리차의 향에

터부로 여겨오던
담배의 진한 매혹에 이끌려
영혼을 팔아 사고 싶던
윤기 있는 그녀의 붉은 입술이었다

새벽 종소리가 멀어지는 눈길을 밟아
집으로 돌아가는 길에
그녀의 온기가 서린 손을 감싸며
푸푸 내뿜던 젊은 날의 추억인 것을.

겨울그리움 · 4

태풍이 몰아치던 바닷가
뜨거운 여름 속에 겨울이 살듯
찬바람의 겨울 속에도 한여름이 살고 있다.

겨울 호수 위에 목을 움츠린 머리를
날갯죽지 밑에 꽂아두고 잠든
청둥오리 떼가 바람에 밀릴 즈음

흙을 뒤집어 쓴 얼음덩이가
와글대는 겨울바다
그 위에 엷은 낙조가 떨어진다.

129

삭풍의 가지마다 고드름이 자라고
어쩜 그린랜드를 갓 건너온
이누에는 코를 훌쩍이며 날고기를 씹는다.

머지않아 썰매를 끌고 나갈
산타할아버지의 옷 색깔처럼
묽은 겨울철 석양빛이 어촌에 내리면 그건.

겨울그리움 · 5

조붓하고 호젓한 산길에
바람마저 잠이 드니
하얀 억새꽃도 흔들림이 없어라
바라건대 당신의 바람이
내게 불지 말기를 바란다오

지나는 길에
찾아본 무덤을 가는 길
철을 잊은 듯 핀
개나리의 화사한 빛은
봄을 기다리는
당신의 마음인가 봐요

때늦은
단풍나무의 마지막 잎새가
지난 가을을 잊지 못하여
홀로 붉은 빛에
겨울 햇살을 받아
퇴색하여야 하는지

산토끼도, 고라니도 찾고 가는

옥류(玉流)의 차가움에
목을 축여 갈증을 푸는 가을이
아직도 으름나무 푸른 넝쿨에
살아 있음이려니.

살아오면서 누구인들 가슴에 묻어둔 아름다운 사연을 글로 표현하고 싶지 않을까만, 나 또한 쓰지 않고는 못 배길 만큼 시에 대한 갈증을 항상 느끼며 틈나는 대로 시를 써 왔다.

하지만 마음에 드는 시 한 편 제대로 얻지 못한 채 2천여 편이 넘게 다작을 했다.

그러던 중 4년 전에 《돌아가는 길 그 위에 서면》이란 제하의 첫 번째 시집을 냈고, 이번에는 몇몇 테마의 연작시를 중심으로 《소중한 날의 조각들》이라 제목을 정하여 기억 저편의 조각들을 더듬어 제 2시집을 펴내게 되었다.

이는 시인이 되겠다던 첫째 손녀와의 약속을 지키기 위함이고, 막내 여동생의 이 오빠를 위한 생각과 고마운 도움으로 기대에는 미치지 못할지라도 나름대로 정성껏 펴내기로 한 것이다.

특히 대학에서 전공으로 시를 배운 것도 아니고, 시인 대가
에게서 사사를 받지도 않았지만 많은 시인들의 시집을 대하
며 순수문학을 지향했고, 한국문인협회 등을 비롯한 여러 문
학단체에서 주관하는 문학제와 문학상 시상식에 참여하면서
자연스레 문단활동에 익숙해졌으며, 지역에서 백일장과 시
화전을 개최하는 등 나름대로 꽤 많은 문학 활동을 해 오는
동안 참으로 행복한 시간을 보냈다.

이제 희수(喜壽)를 눈앞에 두고 인생을 정리하기 위한 하나
의 획을 긋는 생각으로 이 시집을 낸다.

'시집을 내면 돈이 나오나, 밥이 나오나' 하는 핀잔을 듣기
도 하겠지만 나 나름대로 아름다운 인생을 위해 정정당당하
게 살자는 의지로 현실에 부딪칠 것을 다짐해 본다.

2016년 시월

고향을 생각하며 **草布** 씀

황규환 제2시집

소중한 날의 조각들

·

지은이 / 황규환
발행인 / 김영란
발행처 / **한누리미디어**
디자인 / 지선숙

08303, 서울시 구로구 구로중앙로18길 40, 2층(구로동)
전화 / (02)379-4514, 379-4519
Fax / (02)379-4516
E-mail/hannury2003@hanmail.net

신고번호 / 제 25100-2016-000025호
신고연월일 / 2016. 4. 11
등록일 / 1993. 11. 4

·

초판발행일 / 2016년 10월 20일

·

ISBN 978-89-7969-724-7 03810